ISLANDBORN

島國的孩子

文·朱諾·狄亞茲　　圖·李歐·埃斯皮納索

譯·何穎怡

蘿拉的同學都不是本地人。
這個學校裡有許多來自遙遠國家的孩子。
麥伊來自大都市，那個城市大得跟它的國家一樣。
印蒂雅與卡蜜拉來自石頭村，她們的村子在全世界最
高的地方。
馬岱歐曾住過沙漠，那裡熱到仙人掌都暈了。
努兒出生在叢林，他們國家的老虎與詩人很出名。

蘿拉來自島國。

所以，當歐碧老師跟全班說：「今天要請大家畫一幅畫，
畫你最早來的地方，畫你的第一個國家，明天帶來學校。」
大家都超級興奮。
達里亞說：「我的畫裡要有金字塔。」
法蘭克林說：「我要畫一條很長很長的運河。」
尼爾森大叫：「我的畫裡面要有貓鼬。」
（尼爾森總是大吼大叫。）

大家都在講他們要畫的東西……蘿拉除外。蘿拉也喜歡畫畫，但她
還是小貝比時就離開島，什麼也不記得。

蘿拉舉手。（她討厭在班上舉手，就像她討厭尼爾森大吼大叫一樣。）「老師，如果你不記得你來的地方，怎麼辦？要是你還沒有記憶**之前**就離開了，怎麼辦？」

歐碧老師說：「別擔心。妳身邊有人記得吧？」

蘿拉說：「我所有的鄰居啊，他們**一天到晚**講那個島。」

歐碧老師說：「所以，或許妳——」

蘿拉搶著說：「我該問那些**記得**的人。我可以根據他們的回憶來畫。」

歐碧老師微笑說：「蘿拉，這是個好點子。」

蘿拉開始覺得好過一點，然後她看到同學興奮討論要畫什麼，又難過了。大家都記得自己的第一個家，就連大小事都會忘光光的尼爾森也是。（他有一次還忘記自己姓什麼，足足一小時。）蘿拉一直想記起那個島嶼，但是不管怎麼努力，都不行。這就像一個熟悉的字就在舌尖，偏偏想不起，只不過這個字是一個世界！蘿拉閉上眼睛，想要回憶島嶼的**任何**片段，卻什麼也想不起來。

一整天在學校，蘿拉都用手指頂著腦袋兩邊，希望集中精神，
阿嬤的靈媒有時會這麼做。

她跟表姊拉蒂西亞一起走路回家，拉蒂西亞問：「妳還好嗎？」
蘿拉解釋說：「我必須畫一幅畫，有關我們的島，但是我離開時還只是小貝比，表姊，妳得幫我。」
「我記得的也不多，除了蝙蝠。大得像毯子，入夜後，老是追我。」
蘿拉掏出筆記本開始畫：「毯子蝙蝠！」

她們常在放學後跟伯納德太太買炸餡餃，所以拉蒂西
亞攔住她問：「伯納德太太，島上的事，您記得最清
楚的是什麼？」

「喔，當然是音樂啦！整個國家就好像包在葫蘆響器
裡。包在鼓裡面。」

蘿拉說：「您是說像我們的街區？」她們的街區像轉
鈕壞掉的收音機，樂聲不斷。

「島上音樂更多！音樂比空氣還多！人人都在跳舞。
睡夢裡也跳。」

蘿拉畫下：「夢裡跳舞！」

拉蒂西亞帶蘿拉去哥哥約翰森的理髮店，說：「蘿拉要交
一個關於島的作業。她想知道你記得最清楚的是什麼？」
約翰森笑著說：「耶！椰子水。直接從椰子倒出來喝，味
道多棒啊。」
坐在理髮椅上的羅吉格斯說：「還有跟腦袋瓜一樣大的芒
果，甜到──」
蘿拉說：「甜到讓你想哭？」（她喜歡芒果。）
「沒錯！」

一旁在等兒子剪髮的女人說：「還有好多顏色。鮮豔的汽車。到處都是鮮豔的房子與花兒。就連人們也穿得像彩虹，什麼顏色都有。」

蘿拉問：「像我們這兒？」

女人說：「顏色更多。」

「椰子水，芒果頭，彩虹人。」蘿拉忙著做筆記。「我們的島聽起來好美麗。我們幹嘛離開？」

女人的兒子說：「也不是樣樣都好。熱得跟鬼一樣。」

最年長的理髮師說：「還有其他的事。」

蘿拉想問，譬如哪些事？但是老理髮師已經轉身。

回到住家大樓的門廳，這對表姊妹遇見管理員米爾先生。拉蒂西
亞喊：「嗨，米爾先生，可不可以告訴我們島上有什麼東西是您
最難忘的？」

米爾先生咕噥說：「沒人在乎老東西。妳們就慶幸自己能生活在
這裡吧。」

拉蒂西亞說：「別理他。妳繼續畫。晚點如果還需要我幫忙，打
電話給我。好嗎？」

蘿拉說：「好的。」

進入電梯，蘿拉手指按著太陽穴，閉上眼睛，喊：「島嶼。」
好像在呼喚貓。

「島嶼！」

但是它跟貓一樣，叫了也不來。

回到家，阿嬤正坐在廚房桌子旁邊完成拼圖。
（阿嬤喜歡拼圖。）
「阿嬤！我的作業要畫我出生的那座島。但是我一點都
不記得──為什麼？」
「乖女孩啊，因為妳離開的時候還只是個小貝比。」
「可是其他同學都記得……」
「不記得一個地方不代表它不是妳的一部分。」
蘿拉問：「可以告訴我您記得最清楚的是什麼嗎？」

「當然可以！我記得最清楚的是……海灘。乖女孩啊，我們的海灘像詩……妳知道的，待在我們的海灘就像妳聽到最喜歡的詩。魚兒從浪裡跳到妳的膝蓋上，有時夕陽西下，海豚會露出海面跟妳說晚安。我出身的北方，那兒還有鯨魚衝浪呢。」

蘿拉拚命快快畫：「海灘詩！海豚！鯨魚衝浪。」

蘿拉的媽媽從廚房探頭說：「乖女兒啊，我記得最清楚的是妳出生時，島上有颶風。簡直像全世界最大的壞野狼！咆哦，嘯哦，吹翻了數千個人家的屋頂。」

蘿拉睜大眼睛問：「我們那時在哪兒啊？」

阿嬤說：「躲在床底下啊！」

媽媽說：「沒錯。妳知道嗎？妳都沒哭哦。妳是勇敢的小女孩。」

蘿拉嘆氣：「真希望我記得**這件事**。」

媽媽說：「哎，沒辦法啊。妳可能不記得我們的島，但是它記得妳。」

阿嬤建議：「妳真的該跟米爾先生談一談。他可能比任何人都清楚島上的事。」

蘿拉說：「我問過他，他不肯幫忙。」

「米爾先生有時會拗脾氣。我跟他說說看。我打賭他會幫忙。」

阿嬤打電話到樓下，大喊米爾太太，米爾太太又大叫米爾先生。老人家總喜歡大聲喊叫，這是他們說話的方式。（尼爾森有可能未老先衰哦。）

阿嬤說：「下樓去吧，米爾先生說他會盡力幫忙。」

蘿拉有點緊張，還是敲了這位管理員的門。
米爾太太招呼她進去：「蘿拉！妳長得好大了。
米爾先生在工作室，妳直接進去。」

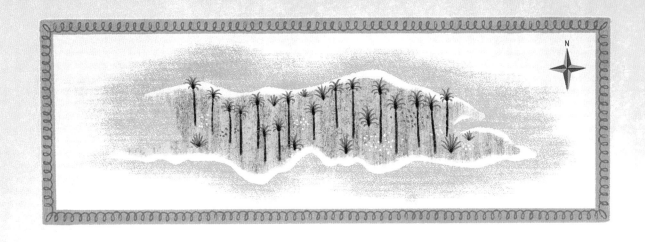

米爾先生正在修理東西，抬頭說：「妳阿嬤說妳在問關於島的事？」

蘿拉緊張點頭說：「是啊，米爾先生。這是課堂作業。」

「他們都說些什麼呢？」

蘿拉翻翻筆記本說：「毯子蝙蝠，音樂比空氣還多，好吃到哭出來的水果，海灘詩，還有像大壞狼的颱風。」

米爾先生說：「喔，我知道了。沒人告訴妳大妖怪的事嗎？」

蘿拉睜大眼睛。搖頭說**沒有**。

「知道的人也不是很喜歡談**他**。」

米爾先生抬頭看牆上老舊的島嶼地圖說：「我們的島一直是美麗的地方。我在妳這個年紀的時候是這樣，現在也還是。但是最美麗的地方也會引來妖怪。很久很久以前，在妳還沒有出生前，曾經發生過這樣的事：一個妖怪掉落在我們島上。」

這次蘿拉沒動鉛筆。

「從來沒見過那麼厲害的妖怪。全島都嚇壞了，沒人能打敗它。
它太強了。三十年來，妖怪想幹什麼就幹什麼。一句話就可以毀
掉整個城鎮。你敢看它，它就讓你全家死光。」
蘿拉一頭捲髮嚇到變直了。「米爾先生，您見過那個妖怪嗎？」
「有的。一天到晚都看見。」
「您害怕嗎？」
「我們都很害怕。」

蘿拉心臟怦怦跳，問：「米爾先生，後來呢？」

「就跟所有妖怪的結局一樣。英雄出現了，是跟妳一樣聰明強大的年輕女孩，加上幾個聰明強大的男孩。他們厭倦了擔心害怕的日子，就去打妖怪。驚天動地的戰鬥啊。震動了整個島嶼——怪物使盡所有邪惡手段，但是最後這些英雄找到妖怪的弱點，把它永遠趕走了。」

蘿拉低聲說：「哇。那些英雄後來呢？」

「沒人知道。那是很久以前的事了。」米爾先生拿下眼鏡，嘆氣說：「總之，妳該上樓了，快吃晚飯了。」

蘿拉說：「謝謝您，米爾先生。謝謝您的幫忙。」

蘿拉媽媽問：「怎麼樣？」
蘿拉呆呆看著手上空白的紙說：「很好。」

蘿拉一整晚都在畫她的島。畫了一張，不夠，又畫一張，再一張，很快的，她畫出了一本書！晚餐時間，她在畫，上了床，還在畫，正要完成封面時，阿嬤走進房間看她。

阿嬤拿起那張最後大戰的圖。整個人僵住了。

「阿嬤，您知道妖怪的事嗎？」
「當然，乖女孩。不然怎麼會有這麼多人跑到北邊來？」
蘿拉抱著阿嬤說：「您那時一定很害怕呀。」
阿嬤低聲說：「有時我們很害怕，但是我們也很勇敢。」

第二天下雪了。蘿拉圍上圍巾，穿上靴子，把作業塞進外
套裡，說：「阿嬤，上帝保佑您。媽媽，上帝保佑您！」
她們兩個都說：「乖女孩，上帝保佑，祝妳好運！」
米爾先生正把垃圾桶推到人行道邊。蘿拉說：「謝謝您，
米爾先生，砍殺妖怪的人。」
他笑了：「蘿拉，英雄的女兒，祝妳好運。」

班上都在熱烈討論他們的畫。尼爾森的媽媽還烤了杯子蛋糕給大家，好像一個小派對。歐碧老師把畫掛到牆上，說：「現在我們的教室有了許多窗子。你們想看同學的第一個家，隨時抬頭看這些窗子就可以囉。」

然後歐碧老師走到蘿拉桌前問：「蘿拉，妳順利嗎？有記起什麼嗎？」

「我很努力想啊想啊，什麼也記不起來，真難過。後來我明白我不用難過，

就算我一輩子沒踏上那個島，也沒關係。因為島就是我。」

尼爾森哼地一聲說：「**狡猾。**」

「才不是！」

歐碧老師說：「尼爾森，客氣點。」

她跟其他同學圍到蘿拉桌前。（尼爾森靠得特別近，確保能看得一清二楚。）

蘿拉突然變得很緊張。

「沒關係，蘿拉，給我們看。」

蘿拉深呼吸，說：「好吧。」打開她的圖畫書……

——島嶼「**碰**」地跳出來。

獻給卡蜜拉、達里亞、印蒂雅、麥伊。對不起，來晚了。
獻給李歐，因為你傑出。
獻給我的愛人瑪潔蕊，妳的愛讓本書誕生。
最後獻給我的島國。謝謝你的種種。
朱諾‧狄亞茲

獻給蘿拉、哥倫比亞，我的島嶼們。
李歐‧埃斯皮納索

勇敢告訴全世界，我出生的地方

蘿拉班上的同學來自世界各地。
有一天，歐碧老師要大家畫一幅「自己的出生地」。
當同學興奮地交頭接耳，為什麼愛畫畫的蘿拉卻愁眉苦臉呢？
原來，蘿拉出生沒多久就離開島嶼，搬到另一個國家的大城市居住，
關於島上的一切，她幾乎不記得。
蘿拉該怎麼辦呢？誰能夠幫助她完成作業，順利畫出一幅屬於自己的島呢？

大師名作坊163
島國的孩子

作者／朱諾‧狄亞茲 繪者／李歐‧埃斯皮納索 譯者／何穎怡 總編輯／嘉世強
編輯／張瑋庭 企劃經理／何靜婷 封面構成／王春子 內文排版／吳詩婷

董事長／趙政岷 出版者／時報文化出版企業股份有限公司
108019臺北市和平西路三段二四〇號三樓 發行專線／（02）2306-6842
讀者服務專線／0800-231-705‧（02）2304-7103 讀者服務傳真／（02）2304-6858
郵撥／1934-4724時報文化出版公司 信箱／10899臺北華江橋郵局第99信箱
時報悅讀網／http://www.readingtimes.com.tw
電子郵件信箱／liter@readingtimes.com.tw
法律顧問／理律法律事務所 陳長文律師、李念祖律師
印刷／華展印刷有限公司 初版一刷／二〇一九年一月二十五日
初版二刷／二〇二四年二月十五日 新臺幣／三六〇元
ISBN 978-957-13-7696-7 Printed in Taiwan

文 朱諾・狄亞茲 Junot Díaz
出生於多明尼加共和國，移民至美國紐澤西州。著有頗富好評的《溺水》
（*Drown*）、《貧民窟宅男的世界末日》（*The Brief Wondrous Life of Oscar Wao*），
後者得到二〇〇八年普立茲獎與美國書評人獎，並著有《紐約時報》暢銷書《你
就這樣失去了她》，入圍美國書卷獎決選。狄亞茲獲獎無數，寫作功力屢獲肯定，
包括麥克亞瑟天才獎、國際筆會短篇小說獎、戴頓文學和平獎、古根漢獎等，《紐
約客》雜誌曾讚許狄亞茲為「廿一世紀最值得期待的二十位作家之一」。狄亞茲
是羅格斯大學碩士，目前擔任《波士頓評論》的小說部主編，並在麻州理工大學
擔任寫作教授。
個人網站：www.junotdiaz.com

圖 李歐・埃斯皮納索 Leo Espinosa
來自哥倫比亞波哥大的得獎插畫家，作品散見《紐約時報》、《連線雜誌》、《君
子雜誌》、《紐約客》、《大西洋季刊》等等。目前與家人定居鹽湖城。
個人網站：www.studioespinosa.com

譯 何穎怡
政治大學新聞研究所畢，美國威斯康辛大學比較婦女學研究。
譯有《在路上》、《裸體午餐》、《貧民窟宅男的世界末日》、《時間裡的癡人》、
《行過地獄之路》等。